LA MEDAILLE RETOURNL'E,

OU

LA FABLE

DU SAPIN

ET DU BUISSON,

Bouts-Rimés.

Jouxte la copie imprimée à l'Isle inaccessible

Chez ARTUS BERNE', au Carrefour,
d'entre la Samaritaine & la Grenier
à Sel.

M. DC. XCII.

Pourquoi rimailleur de Notaire,
Quitter pour des Vers ton emploi ;
Tu ferois bien mieux de te taire,
Les Rieurs ne font pas pour toi.

LETTRE
DE M***

A Monsieur le Marquis de T.

Monsieur,

Vos nouvelles de Guerre m'ont fort
satisfait, & je n'ay jamais douté que
la campagne ne finit aussi honteuse-
ment pour le Prince d'Orange qu'elle
avoit commencé; il a vû prendre Na-
mur, & n'a osé voir bombarder Charle-
Roy; il commence sans doute à se
lasser d'estre spectateur, Dieu veüille
qu'on le voye vne fois en action, mais il
ne m'a pas l'air d'estre de ces gens qui
reculent pour mieux sauter; si vous avez
où vous estes le plaisir d'une guerre san-
glante, nous avons icy celuy d'une autre
espece de guerre ou pour tout sang l'on
ne répend qu'un peu d'ancre, ou la plu-
me sert d'épée, ou le champ de bataille
est une feüille de papier, ou les pensées,
les argumens, les periodes & les vers ran-
gés sur plusieurs lignes sont les bataillons
& escadrons, ou le fiel & la bile servént
de bombes & de carcasses, & enfin ou le
prix de la victoire se reduit à la Fontange
d'un jambon.

Cette guerre vous donneroit plus de

divertiſſement ſi elle s'étoit élevée entre deux combatrans d'égale force; mais vous jugerez bien de leur inégalité, lorſque je vous diray que c'eſt entre le Roſſignol, c'eſt à dire l'Auteur des Paſquinades, & le Coucou, c'eſt à dire l'Auteur du Mercure Galant, qui ſe ſentant trop foible de chant pour ſe mettre en paralelle avec l'autre, a imploré le ſecours d'un Oiſon, qui par un Dialogue ſous le nom de la Samaritaine a voulu ſoûtenir la plus méchante cauſe du monde.

L'inſulte de ce Dialogue en a attiré un autre en réponſe ſous le nom de *Paroli à la Samaritaine* je vous envoye l'un & l'autre en revanche de vos nouvelles, & je croi que vous en porterés un jugement ſemblable à celui qui ſe trouve tres-general, qui eſt que le Maître Artus qu'on qualifie Notaire auroit beaucoup mieux fait de ſe renfermer dans les minutes de ſes Contracts, que de s'en aller de ſang froid injurier un homme qui ne luy diſoit mot, & dont les forces ſont trop ſuperieures aux ſiennes.

Mais outre l'inegalité des forces, l'on a remarqué que quoy qu'il ſoit permis au Parnaſſe dans les querelles d'eſprit, d'attaquer les Ouvrages, mais défendu de s'emporter à des injures qui touchent l'honneur, & encore plus lorſque ces injures ſont fauſſes; neanmoins l'Auteur de la Samaritaine n'a fait autre choſe dans ce Dialogue que de s'échaper indiſcretement à injurier l'Auteur des Paſquinades par cent calomnies, auſſi outrageuſes

qu'elles font fauſſes; comme quand il
traite d'yvrogne un homme que jamais en
ſa vie n'a été ſeulement échaufé de vin,
mais l'autre s'eſt tenu dans une modera-
tion qui merite loüange, puiſque quoy
qu'il pût avec plus de verité & de juſtice
reprocher à ce nouvel Auteur certain Dé-
mariage & beaucoup d'autres choſes que
je veux taire, il s'eſt contenté de faire
voir les ignorances & les incongruités
de cette petite Piece, en luy aprenant
qu'il ne faut pas qu'un Savetier paſſe ſa
ſavatte, & que la Proſe & la Poëſie de
ce Notaire ſont ſi miſerables, que la mi-
nutte qu'il en a compoſée ne meritoit pas
l'expedition que la preſſe en a faite.

Mais ſi l'on peut trouver quelque choſe
à redire au *Paroli*, qui ſert de réponſe à
cette méchante piece ; c'eſt de voir qu'un
talent auſſi grand & heureux que celuy
de l'Auteur des Paſquinades ait daigné
s'abaiſſer à répondre à un Grimelin du
Parnaſſe, il devoit ſe ſouvenir de cette
Fable de la Grenoüille qui eut l'impru-
dence d'éveiller le Lion, & dont ce Roy
des animaux mépriſa le châtiment. Voici
comme luy même avoit tourné cette Fable.

FABLE

Du Lion, & de la Grenoüille.

VN Lion repoſant, la Grenoüille impu-
    dente,
   D'une voix croaſſante,

Vint troubler son sommeil,
De son ongle dé-ja la vengeance étoit prête,
Quand connoissant à son réveil
La foiblesse de cette bête,
Va, dit il, animal indigne de mes coups,
Tu ne merites pas l'honneur de mon courroux.

En effet, c'est bien à un homme d'un stile d'et-catera, à se mesurer avec un Auteur de cette trempe. ou pour m'expliquer en langage d'*Esope*. c'étoit bien à un Oison à vouloir en faveur d'un Coucou. employer l'eau de la *Samaritaine*. pour laver la *tête d'un Rossignol* ? Celle de cét oison est ce me semble assés bien lavée dans la réponse que ie vous envoye, & j'y ajoûte une autre petite piece d'une autre fabrique, & qui n'est point de l'Auteur des Pasquinades, mais d'un de ses amis qui s'est servy exactement & dans leur ordre de toutes les rimes de la Fable du Sapin composée par ce Notairé, & en a sur les mêmes rimes retourné le sens ; je croy que vous en trouverés l'invention plaisante. & que la piece n'est point indigne de paroître à la suite de l'autre, vous m'en écrirés vôtre sentiment, & croyés moy,

MONSIEUR ;

Vôtre, &c.

LA MEDAILLE

RETOURNE'E,

OU

LA FABLE

DU SAPIN, ET DU BUISSON.

BOVTS-RIME'S.

Dans un vaste jardin où l'art & la   nature
Produisent de concert une riche   moisson,
Il s'estoit élevé par hazard un   buisson,
Qui des prochaines fleurs sucçoit la   nourriture.
    C'étoit de ces apres   buissons,
    Qui contre ceux qui s'en   approchent,
    Herissent les durs   hameçons,
    Des épines qui les   acrochent :
Vers le coin du parterre il se trouvoit   planté,
Et dés que prés de luy des fleurs étoient écloses
Il cuëilloit pissenlis, perceneges &   ro'es,
Pour s'en parer l'hyver, le prin-tems &   l'êté.
Chacun dans ce jardin faisant ses   promenades,
D'un butin étranger l'apercevoit   fleury,
Mais loin qu'en cét état de tous il fût   chery,
Si quelqu'un luy jettoit quelques bonnes œillades.
    Ce n'étoit ny gens de la   Cou,
Ny delicats esprits, ny grands Seigneurs ny Princes,
Mais quelques Pourceaugnas partis de leurs Provinces

Ou d'ignorans courtaux, ou des Clercs tour à tour,
Ce Buiſſon cependant ſe diſoit fort   celebre,
Et d'un luſtre emprunté mendiant les   appas,
Se vantoit de porter ſon nom dans les   climats,
   Du Tage, du Tybre & de   l'Ebre,
   Et peut-être ſe flattoit-   il,
Qu'on le prônoit aux bords & de Gange & du Nil.
Du ſuperbe Jardin le maiſtre   magnanime,
De qui tout l'univers admire la   vertu,
S'il vouloit le connoiſtre en feroit mince eſtime,
Bien loin de luy fournir un indû   revenu;
Il n'auroit plus l'eſté ſon eau   rafraichiſſante,
Au Printemps ſon labour & toutes ſes   façons,
Et dans le moindre hyver faute de   paillaſſons.
On luy verroit ſouffrir la froidure   piquante,
   Chenilles, fourmis,   pucerons,
   Freſlons, limas, gueſpes &   tons,
   Par tout luy feroient rude   guerre,
   Rude guerre juſqu'à la   mort,
La taupe & le mulet pour avancer ſon   ſort,
Et ronger ſa racine iroient fouiller la   terre,
Bref le pauvre Buiſſon ſeroit ſi mal   traité,
Au lieu que ſans merite il ſe voit   dorloté,
Qu'à l'avenir ſa triſte & languiſſante   vie,
Feroit plus de pitié qu'il ne croit faire   envie.
Auprés de ce Buiſſon dans le meſme   jardin,
   S'élevoit un maiſtre   Sapin,
   Qui formé d'une NOBLE   graine
Alla ſe transplanter aux pays   montagneux,
   De la riche & graſſe   Lorraine,
D'où bien-toſt il ſe fit deſirer en tous   lieux,
Nul ne pouvoit le voir avec   indifference
Et ſes fruits abondans plaiſoient plus à la France,
Par leur goût delicat que par leurs   nouveautés,
Il n'avoit pas beſoin de ces prôneurs à   gages,
Qu'i'ron à voix venduë & ſuffrages   comptés.

Aux endroits les plus   frequentés
Vanter les nouveaux fruits des maigres jardinages,
Mais sur luy certain Docte en portant son regard
      Exprés & non pas par   hazard.
Vit le fruit qui sortoit de sa séve   feconde,
Et l'ayant appliqué sur sa langue à   l'inftant,
Il en trouva le goût le plus charmant du   monde,
Par le mélange heureux du doux & du   piquans,
Il en fit grand recit dans les fines   ruelles,
      D'où l'on bannit les   bagatelles;
Et le progrés fut tel sur les plus beaux   esprits,
Que chacun en voulut sans s'informer du   prix,
De tous coftés le nom de la graine   nouvelle,
      Se répendit en peu de   temps,
Et ceux qui paroiffoient pour elle   indifferens,
N'eftoient que francs Oifons à petite   cervelle,
Sur tout on ne pouvoit s'en paffer à la   Cour,
Ou le Buiffon perdant sa vogue & son   office,
Voyoit l'heureux Sapin triompher dans la   lice,
Et de tout l'univers remplir le vafte   tour;
Le Sapin glorieux de voir que tout le   monde
      Autour de luy faifoit la   ronde,
Pour amaffer les fruits que produifoit son   bois.
      Rendit sa feve moins   bornée,
Et pouvant en fournir tous les jours de   l'année,
      N'en donna qu'une fois le   mois,
Sur l'épineux Buiffon il eut tout   l'avantage,
      Par son travail   laborieux,
      Et la gloire fut son   partage,
La gloire qui bien-toft le porta jufqu'aux Cieux:
Ce n'étoit point pour luy prédre un air trop fuperbe
Que de fe preferer à son foible   voifin,
Au fterile Buiffon qui rampant comme   l'herbe,
Occupoit sans merite une place au   . jardin.
      Mais cet ennemy plein de   rage,
Voyant qu'avec succés le fapin   s'élevoit,

Et que de toutes parts son renom   s'étendoit,
     En conceut un mortel   ombrage,
Pour le vaincre on le vid d'un animal   gratieux,
     Travaille en dépit des   Cieux,
Mais son fruit engourdy par sa propre   froidure,
     Ne se poussoit que   foiblement,
Heureux s'il eû perdu par un   avortement
     Sa ridicule   geniture,
A maquiller son fruit quelques Sots   adonnés,
     S'en donnoient encor par le   nez,
Tandis que le Sapin par sa saveur   piquante,
Du bon goust veritable excitoit les   plaisirs,
Et des fins curieux remplissant les   desirs,
Laissoit faire au Buisson de sa gomme   gluante,
     Les fades   liberalités.
Enfin un fat Artu ignorant sans   mesure,
De sang froid au Sapin voulut faire une   injure,
Est-il savoureux fruits qui des   indignités
D'un tel Grenier à sel puissent estre   exemtés,
     Le quolibet de toute   espece
S'y montre à chaque mot sottement   répendu,
Chaque raisonnement sans force ny   vertu,
     Fait siffler l'Auteur & la   piece,
     Auteur fade & du dernier   rang,
Le Sapin pourroit bien te piquer jusqu'au   sang,
De ses terribles traits crains les vives   atteintes
     Il se doit   satisfaction,
Et sans qu'il s'évapore en inutiles   plaintes,
Attens ce qu'il prepare à ta   confusion,
Il sçaura chatier ton insolent   murmure,
Qui si mal à propos insulte le   Sapin,
Et tu verras finir cette folle   avanture,
     Par quelque réveille   matin,
     L'heure en est peut-estre   prochaine,
Il a dans chaque branche un tricot   vigoureux
     Dont un bon bras sans prendre   haleine,

Peut charger ton dos   orguëilleux,
Berce de tes écrits ton petit   voisinage,
Mais laisse en repos le   Sapin,
Ou crains par un mauvais   destin,
Qu'un morceau de son bois ne te fasse estre   sage.

www.ingramcontent.com/pod-product-compliance
Lightning Source LLC
LaVergne TN
LVHW051347200726
843510LV00002B/875